SUCCESSION

De M. le Docteur MOYNIER

———

ARMES

DES XVIIIe ET XIXe SIÈCLES

MEUBLES

IMPRIMERIE DE L'ART

CATALOGUE

DES

ARMES DES XVIIIᵉ et XIXᵉ SIÈCLES

SABRES, ÉPÉES, FUSILS, PISTOLETS

ARMES D'HONNEUR

PIÈCES D'ÉQUIPEMENT — GIBERNE DE MOUSQUETAIRE

OBJETS VARIÉS

BRONZES — PENDULES

COLLECTION DE CANNES

Meuble de Salon en Tapisserie du temps du Directoire

BIJOUX, ARGENTERIE, MOBILIER COURANT, CAVE

Dont la Vente, après décès de M. le Docteur **MOYNIER**

AURA LIEU

HOTEL DROUOT, SALLE Nº 6

LES LUNDI 29 FÉVRIER, MARDI 1ᵉʳ MARS 1904

Et jours suivants

à deux heures

COMMISSAIRE-PRISEUR

Mᵉ **JULIEN MALLET**, 93, rue de la Victoire

EXPERTS

M. G. **COURTOIS**	MM. **MANNHEIM**
44, rue Poussin	7, rue Saint-Georges

EXPOSITION PUBLIQUE

Le Dimanche 28 Février 1904, de 1 heure 1/2 à 5 heures 1/2

CONDITIONS DE LA VENTE

Elle sera faite au comptant.

Les acquéreurs paieront *dix pour cent* en sus des prix d'adjudication.

L'Exposition mettant le public à même de se rendre compte de l'état et de la nature des objets, il ne sera admis aucune réclamation une fois l'adjudication prononcée.

Paris. — Imprimerie de l'Art, E. Moreau et Cⁱᵉ, 41, rue de la Victoire.

ORDRE DES VACATIONS

Le Lundi 29 Février 1904

Le Mardi 1ᵉʳ Mars 1904

DÉSIGNATION

ARMES BLANCHES

1 — Deux épieux du xviiie siècle.

2 — Couteau de chasse du xviiie siècle, garni argent.

3 à 6 — Quatre épées de ville du xviiie siècle.

7 — Épée de luxe : pommeau-casque grillagé, fusée en faisceau de licteur.

8 — Épée d'officier de gendarmes de la Garde : garde bronze à palmettes ; fourreau cuir et cuivre. Époque Louis XV.

9 — Épée d'officier de la maréchaussée des Monnaies de France : garde cuivre ; lame avec indication du corps, date *1766* et nom : *Monsieur Bazard, prévôt général*. Époque Louis XV.

10 — Sabre d'officier d'infanterie de la Maison du roi : à la garde, un soleil ; fourreau cuir et cuivre. Époque Louis XVI.

11 — Sabre de gendarme : garde à palmette ; fourreau cuir et cuivre. Époque Louis XVI.

12 — Sabre d'officier du Royal-Dauphin : garde bronze au dauphin. Époque Louis XVI.

13 — Sabre d'officier du régiment de Berri : garde bronze aux armes de Berri ; fourreau cuir et cuivre. Époque Louis XVI.

14 — Épée d'officier du régiment de Condé : garde de bronze ; lame gravée aux armes des Condé. Époque Louis XVI.

15 — Sabre d'officiers de Gendarme : garde à palmettes en bronze ; fourreau cuir et cuivre. Époque Louis XVI.

16 — Sabre d'officier : garde de bronze fleurdelysée. Époque Louis XVI.

17 — Sabre de deuil, Officier de cavalerie légère : poignée ivoire ; garde acier ; fourreau cuir et acier. Époque Louis XVI.

18 — Sabre d'officier de grosse cavalerie : garde de bronze ; sur la lame de Solingen : *Vive le Roy*. Époque Louis XVI.

19 — Sabre de gendarme : garde cuivre à branches ; fourreau cuir et cuivre ; anneaux de bélière fer. Époque Louis XVI.

20 — Latte de troupe de grosse cavalerie à trois branches de garde en cuivre, avec fourreau. Époque Louis XVI.

21 — Latte de troupe de dragons, garde ornée d'une fleur de lys au centre d'un cercle réunissant la branche et le plateau, avec fourreau. Époque Louis XVI.

22 — Latte de troupe de grosse cavalerie : garde de cuivre à trois branches, avec fourreau. Époque Louis XVI.

23 — Sabre-briquet de Vendéen : poignée de cuivre au nom de *Jean le Helloc*, avec inscription religieuse et les mots : *Vive le Roy, Mort aux Bleus ;* fourreau de cuir et cuivre. Époque Révolutionnaire.

24 — Sabre dit des Vainqueurs de la Bastille : garde de bronze aux emblèmes des trois ordres ; fourreau garni de cuivre. Époque Révolutionnaire.

25 — Sabre dit des Vengeurs de la ville de Paris : lame unie ; garde de bronze à trois branches, portant une grenade et présentant le vaisseau de la ville de Paris, et la devise : *Vaincre ou mourir*. Époque Révolutionnaire.

26 — Autre analogue, avec la devise répétée sur la lame bleuie.

27 — Sabre d'officier des Gardes nationales : garde de bronze ; au milieu des branches, des armes et les devises : *Vive la Patrie ! Vaincre ou mourir ;* lame unie. Époque Révolutionnaire.

28 — Sabre d'officier de Chasseurs à pied de la Garde nationale : garde de bronze, ornée d'un cor de chasse et bonnet phrygien; lame unie. Époque Révolutionnaire.

29 — Sabre d'officier de Chasseurs à pied de la Garde nationale : garde, bronze; pommeau tête de lion; dans les branches, un cor de chasse et un coq; lame unie. Époque Révolutionnaire.

30 — Sabre d'officier des Gardes nationales : garde de bronze à coquille, à l'effigie d'un général; lame unie; fourreau de cuir. Époque Révolutionnaire.

31 — Sabre d'officier des Gardes nationales : garde de bronze à pommeau-casque grillagé et branches ornées d'un trophée; sur la lame : *Vive les volontaires nationaux, la Loi, la Nation;* fourreau de cuir. Époque Révolutionnaire.

32 — Sabre d'officier des Gardes nationales : garde de bronze; pommeau-casque, branches à figure de la Force; fourreau de cuir. Époque Révolutionnaire.

33 — Sabre d'officier des Gardes nationales : garde de bronze, coq et lion au milieu des branches; lame de *Béligne à Langres.* Époque Révolutionnaire.

34 — Épée d'officier des Gardes nationales : pommeau-casque, branches de garde formant cor de chasse; lame gravée : *Vaincre ou mourir, pour Dieu et Patrie.* Époque Révolutionnaire.

35 — Sabre d'officier des Gardes nationales : pommeau tête de lion, branches de garde formant cor de chasse; sur la lame, gravée : *Vive le Roi et la Nation.* Époque Révolutionnaire.

36 — Sabre d'officier des Gardes nationales : garde de bronze, à allégorie et inscriptions; lame dorée de *Coulaux;* fourreau de cuir à médaillon bronze. Époque Révolutionnaire.

37 — Sabre d'officier des Gardes nationales : garde de bronze, à allégorie; lame bleuie et dorée; fourreau. Époque Révolutionnaire.

38 — Huit sabres d'officiers des Gardes nationales : poignée bronze, avec allégories diverses. Époque Révolutionnaire.

39 — Sabre d'officier des Gardes nationales, avec fourreau cuir, fer et cuivre. Époque Révolutionnaire.

40 — Deux sabres d'officiers des Gardes nationales : garde de bronze, ornée d'un lion tenant une pique surmontée du bonnet phrygien. Époque Révolutionnaire.

41 — Sabre d'officier de cavalerie légère : garde de bronze ajourée; sur la lame : *Pour la Loi, la Patrie et le Roi.* Époque Révolutionnaire.

42 — Sabre d'officier de Hussards : garde bronze; pommeau tête de bélier; fourreau cuir et cuivre; lame bleuie et gravée. Époque Révolutionnaire.

43 — Sabre : garde fer à branches mobiles, dite à la Montmorency : fourreau fer et cuivre; lame à talon bleui et doré. Époque Révolutionnaire.

44 — Latte de dragon : garde de cuivre gravé, ornée d'un bonnet phrygien; lame gravée. Époque Révolutionnaire.

45 — Sabre, dit des Dragons de Custine, donné au 2° chasseurs à cheval : garde de fer à trois branches ; fourreau de cuir, garni de cuivre et fer. Époque Révolutionnaire.

46 — Latte de dragon : garde de cuivre; faisceau de licteur surmonté du bonnet phrygien. Époque Révolutionnaire.

47 — Sabre de hussard : garde bronze; fourreau cuir et fer; lame gravée. Époque Révolutionnaire.

48 — Sabre d'officier supérieur : garde de bronze; pommeau à mufle de lion relié par une chaînette à l'un des quillons; fourreau de cuir à garnitures de bronze à trophées; lame gravée à trophées et fleurettes. Époque Révolutionnaire.

49 — Sabre de parement : garde de bronze; lame damas gravé et doré; large fourreau de chagrin avec chape; bracelet et bouterolle en cuivre à médaillon révolutionnaire. Époque Révolutionnaire.

50 — Glaive, à l'antique, d'élève de l'école de Mars (1796) : croisière carrée avec branche détachée en fer formant garde; fourreau de drap rouge de style romain. Époque Directoire.

51 — Sabre à garde de bronze, ornée de deux canons.

52 — Sabre à coquille formée d'un bouclier décagonal timbré d'une grenade enflammée; branches terminées en têtes de coqs; quillon en tête d'aigle; pommeau octogonal, orné d'étoiles; calotte à tête de lion; lame gravée et dorée sur laquelle on lit : *Garde des Consuls, grenadiers à cheval*, avec chiffre J. D.

53 — Sabre d'officier des Grenadiers à cheval de la Garde : poignée en bronze à grenade; fourreau en cuir et cuivre; lame unie. Époque du Consulat.

54 — Sabre des pupilles de la Garde : garde de bronze; lame portant l'indication du corps; fourreau de cuivre. Époque du Premier Empire.

55 — Sabre-scie de sapeur : pommeau aigle, écusson au chiffre 110; fourreau, bois et cuivre ajouré. Commencement du XIXᵉ siècle.

56 — Sabre de marin de la Garde, avec fourreau; lame unie. Époque Premier Empire.

57 — Sabre de tambour-major : poignée de bronze; pommeau mufle de lion, relié par une chaînette aux quillons en S; fourreau en cuivre à personnages et trophées, avec deux crochets; lame gravée à trophées.

58 — Sabre d'officier d'Infanterie : poignée de bronze, lame de *Duc*, portant l'inscription : *Chasseurs à pied, Garde impériale;* fourreau cuir et cuivre. Époque Premier Empire.

59 — Sabre d'officier de Chasseurs à pied de la Garde impériale : lame portant l'indication du corps et l'adresse de *Duc, fourbisseur.* Époque Premier Empire.

60 — Sabre d'officier de Carabiniers : garde en bronze, à coquille ornée d'une grenade; lame bleuie à trophées dorés. Époque Premier Empire.

61 — Sabre d'officier du sixième régiment de Chasseurs à cheval : figure mythologique sur l'écusson; poignée marquée : *Brun;* fourreau de cuivre; lame portant l'indication du corps. Époque Premier Empire.

62 — Sabre de bataille d'officier de Cuirassiers : poignée en bronze à palmette; lame bleuie et dorée; fourreau, cuir et cuivre. Époque Premier Empire.

63 — Sabre de luxe : garde de cuivre, quillons en S; lame de Damas à inscriptions arabes; fourreau en cuivre, à sujets de bataille.

64 — Sabre de parement d'officier de cavalerie légère : poignée d'ébène quadrillée et bronze ; fourreau en tôle de fer à bouterolle unie ; bracelet et chape de cuivre à sujets de combats et mythologiques. Époque du Premier Empire.

65 — Sabre de fantaisie d'officier de cavalerie légère : poignée en ébène et bronze doré ; lame de Damas gravée ; fourreau de cuivre ciselé et doré à trophées. Commencement du XIX° siècle.

66 — Latte d'officier de cavalerie légère : poignée à palmette en bronze ; lame unie. Époque Premier Empire.

67 — Sabre d'officier de cavalerie légère : poignée de bronze ; lame gravée, orientale ; fourreau avec ceinturon en cuir et cuivre à décor de trophées. Epoque Directoire.

68 — Sabre de fantaisie d'officier de cavalerie légère : branche cannelée en bronze à angle droit avec la croisière ; lame à quatre gouttières ; fourreau de cuir garni de cuivre. Epoque Premier Empire.

69 — Sabre d'officier de cavalerie légère : fusée d'ivoire ; pommeau, branche de garde et croisière en bronze ; lame à talon bleui et doré ; fourreau de cuivre à petites feuilles. Epoque Premier Empire.

70 — Sabre d'officier supérieur : poignée en bronze ; pommeau mufle de lion ; branche de garde reliée au quillon par un angle droit, bustes antiques sur l'écusson ; lame dorée et bleuie à personnages, trophées, etc. Epoque Premier Empire.

71 — Sabre de parement d'officier d'état-major : poignée de bronze et ébène ; lame à talon bleui et gravé or ; fourreau en tôle d'acier, garni de bronze ciselé à trophées et combats. Époque Premier Empire.

72 — Sabre de général de division du Premier Empire : poignée de bronze ; fourreau d'acier garni de bronze ; lame de damas gravée et dorée à arabesques et bustes.

73 — Sabre-briquet.

74 — Glaive : poignée ornée d'un aigle et d'instruments de musique, et garnie de têtes de clous d'acier ; fourreau d'acier garni de même ; lame gravée. Époque Premire Empire.

75 — Sabre des Gardes du corps du roi de Westphalie : garde de bronze, à couronne fermée, avec l'aigle et le N ; lame bleuie et dorée ; fourreau acier et cuivre. Époque Premier Empire.

76 — Sabre des Gardes du corps du duc de Berri : garde de bronze, à branches embrassant un écu aux armes des ducs de Berri ; lame à talon bleui et décor doré. Époque Louis XVIII.

77 — Sabre d'officier des Gardes du corps de Monsieur : garde de bronze, lame avec indication du corps ; fourreau en acier. Époque Louis XVIII.

78 — Sabre des Gardes du corps du roi Louis XVIII : garde aux armes de France ; lame portant l'indication du corps ; fourreau de cuir garni de cuivre.

79 — Sabre des Gardes du corps du roi Louis XVIII : garde aux armes de France ; lame avec l'indication du corps, Klingenthal 1814 ; fourreau de tôle de fer. Époque Restauration.

80-81 — Deux sabres variés de mousquetaires gris, 1re compagnie, avec fourreau. Époque Louis XVIII.

82-83 — Deux sabres d'officiers de la Maison du roi : garde en bronze doré aux armes de France sur un soleil ; pommeau à calotte fleurdelysée ; lame à talon bleui et doré aux armes de France ; fourreau en acier avec entrée de bronze au soleil. Époque Louis XVIII.

84 — Sabre d'officier des Carabiniers de Monsieur : garde de cuivre fleurdelysée avec grenade ; lame avec indication du corps ; fourreau cuir et cuivre. Époque Louis XVIII.

85 — Sabre d'officier de Carabiniers : poignée de bronze à palmette. Époque Louis XVIII.

86 — Sabre de troupe des Gardes du corps : garde de bronze aux armes de France ; fourreau en fer. Époque Louis XVIII.

87 — Sabre d'enfant : fusée nacre, trois branches bronze ; lame gravée ; fourreau acier. Époque Restauration.

88 — Sabre de grenadier à cheval : garde de bronze avec grenade ; lame portant l'inscription : *Vive le Roy;* fourreau garni de cuivre et fleurde-lysé. Époque Restauration.

89 — Sabre d'officier d'infanterie : garde de bronze avec écusson fleur-delysé ; lame à talon bleui et doré aux armes de France ; fourreau cuir et cuivre. Époque Restauration.

90 — Sabre d'officier de la Gendarmerie royale : garde de bronze ; lame avec indication du corps ; fourreau d'acier. Époque Restauration.

91 — Sabre de la Gendarmerie royale : garde de bronze doré ; fourreau d'acier et cuivre doré. Époque Restauration.

92 — Sabre d'officier de cavalerie légère : garde de bronze, lame à talon bleui et doré, fourreau acier et bronze. Époque Restauration.

93-94 — Cinq sabres d'officiers supérieurs : garde à trois branches, bronze doré ; lame damas ; fourreau acier et bronze. Époque Restauration.

95 — Sabre d'officier des Gardes nationales, à fusée d'ébène quadrillée : garde de bronze à mufle de lion ; sur la lame, à talon bleui : *Vive le roi.* Époque Restauration.

96 — Sabre : poignée de bronze à grenade, avec la date *29 Juillet 1830* sur la lame ; fourreau en tôle de fer.

97 — Sabre d'officier : fusée de nacre ; poignée à une branche avec croisière ; fourreau de cuir à bouterolle et chape de cuivre doré. Époque Louis-Philippe.

98 — Sabre du vicomte Lepic, colonel des Cent-Gardes : branches surmontées d'un médaillon portant les armes impériales ; lame marquant l'indication du corps et du propriétaire. Châtellerault, 1854. Fourreau en tôle d'acier.

99 — Sabre de Cent-Gardes.

100 — Sabre-lance du mousqueton, modèle 1854.

101 — Sabre de tambour-major du 2e régiment de Voltigeurs de la Garde, Second Empire : croisière ornée de l'aigle ; fourreau de cuivre, orné d'attributs de musique, avec crochets.

102 — Cinq petits sabres, insignes d'officiers de marine.

103 — Sabre à fusée de nacre : garde de cuivre ; pommeau aigle, branche
et croisière cannelées avec figure de Mars sur l'écusson ; lame gravée en
damas de Klingenthal présentant l'Empereur à cheval ; fourreau en cuir ;
bouterolle à palmettes ; bracelet et chape de cuivre, à figures de Mars
et du Temps.

104-105 — Six épées-glaives. Époques Empire, Restauration, etc.

106 à 112 — Dix-neuf épées de diverses époques.

113 à 120 — Environ vingt-neuf sabres de diverses époques.

121 — Sabre-scie Russe avec fourreau de cuir. Pris par le vice-amiral Péri-
got à Sébastopol, avec attestation sur carte d'envoi.

122 — Claymore.

123 — Trousse écossaise, garnie argent.

124 — Sabre turc : poignée de corne ; quillons de cuivre ; fourreau de cuir
et cuivre ; lame damasquinée.

125 — Poignard oriental, à poignée d'ivoire de morse, avec fourreau.

126 — Kama circassien, poignée corne et ivoire de morse, avec fourreau.

127 — Coutelas oriental, poignée jade vert, avec gaine.

128 — Coutelas oriental, poignée à pans, nacre, avec gaine

ARMES D'HONNEUR ET DE SOUVENIR

129 — Sabre de récompense nationale, donné par : *le Ministre de la guerre
à la 3e compie de la 19e 1/2 brigade.* Signé : *Boutet, Versailles* ; garde
bronze ; lame à talon bleui et doré de Klingenthal ; fourreau cuir et
cuivre. Epoque Révolutionnaire.

130 — Sabre de souvenir : fusée de corne ; pommeau et quillons en S, en
cuivre, reliés par une chaînette, avec écussons, portant, l'un une tête de
Minerve, l'autre la dédicace : *Au Général Charbonnier. Maestrich, 1796.*
Sur la lame : *Armée des Ardennes ; Vaincre ou mourir.* Fourreau de tôle
de fer. Epoque du Directoire.

131 — Sabre de récompense nationale du citoyen Tréponet : garde de bronze,
à tête de lion et branche de garde à angle droit avec les quillons ; lame
gravée : *Armée d'Italie. Donné de la part du Directoire exécutif par le
général Bonaparte au citoyen Tréponet, sergent de la 93ᵉ 1/2 Bᵈᵉ de ligne,
2ᵉ Bᵒⁿ, 3ᵉ Compⁱᵉ, division Delmas. République française : Liberté,
Egalité.* Fourreau de cuir et cuivre. Epoque Directoire.

132 — Sabre de récompense nationale du citoyen Grenaud : garde à une
branche à angle droit avec la croisière ; sur la lame : *Armée d'Italie.
Donné de la part du Directoire exécutif par le général Bonaparte au citoyen
Grenaud, maré. des logis chef, 1ᵉʳ régi., arti. à cheval. République
française, Liberté, Egalité.* Fourreau de cuir noir, couvert de cuivre
gravé, à décor de faisceaux de licteur. Epoque Directoire.

133 — Sabre d'honneur du citoyen Meunier : garde d'argent ; fourreau
de tôle de fer garni d'argent gravé, avec l'inscription : *le Iᵉʳ Consul au
cᵉⁿ J. Meunier, lieutᵃⁿᵗ à la 17ᵉ 1/2 brig. légère.* Epoque du Consulat.

134 — Sabre d'honneur, donné par *1ᵉʳ Consul au citoyen Boutlet, maréchal
des logis chef au 2ᵉ régiment de carabiniers* : garde en argent ; fourreau
cuir et argent ; lame de Klingenthal. Signé : *Boutet, Versailles.* Epoque
du Consulat. Avec diplôme signé : *Bonaparte.*

135 — Sabre de récompense nationale du général Castagnier : fusée à tor-
sades de cuivre ; branche de garde en bronze, en équerre avec la
croisière ; écusson à emblèmes ; lame de Klingenthal, à talon bleui et
doré. Sur la poignée, la marque de : *Boutet, directeur artiste manuf.
à Versailles ;* fourreau de cuir à bouterolle, bracelet et chape de cuivre,
avec, sur la chape, l'inscription : *Donné au chef de division Castagnier
par les Consuls de la République française le 7 frimaire, an 8.* Epoque
du Consulat.

136 — Sabre de souvenir : garde de bronze ; fourreau de cuivre, orné
d'attributs ; lame de Klingenthal, en damas gravé et doré, avec l'inscription : *Donné par le général Moreau l'an IX ;* inscription répétée sur le
fourreau. Epoque du Consulat.

137 — Sabre de récompense du citoyen Thevenez : garde de fer. Sur la
lame, de Klingenthal : *Récompense nationale ;* sur le fourreau en tôle
d'acier : *le Iᵉʳ Consul au cᵉⁿ Thevenez, capⁿᵉ au 1ᵉʳ Régᵗ des chasseurs à
cheval.* Epoque du Consulat.

138 — Sabre de souvenir, à branche de garde de bronze en équerre avec la croisière; fourreau de cuivre gravé, avec l'inscription : *la ville d'Anvers à sa jeunesse garde d'honneur de Bonaparte, Ier Consul, visitant ses murs l'an XI.* Époque du Consulat.

139 — Sabre de souvenir, offert par *les officiers du 11e de ligne à leur colonel F. Hardy;* fusée de nacre; pommeau tête de lion et quillons de bronze doré; lame de damas dorée avec l'inscription qui précède; fourreau en argent partiellement doré. Époque du Premier Empire.

140 — Epée-clavier de récompense, à poignée de bronze ciselé, fusée de nacre. *Donnée par le roi à M. de Cagueray, sorti des pages en 1824,* avec fourreau. Époque Restauration.

141 — Sabre de souvenir du sergent-major Balin : garde en bronze doré; lame bleuie et dorée : *Liberté, Ordre public, Garde nationale;* fourreau de cuir à bouterolle et chape de cuivre doré, avec l'inscription : *les grenadiers du 4e b^{on} de la 7e légion à Mr Balin, leur sergent-major.* Époque Louis-Philippe.

142 — Sabre de souvenir du commandant Bernard : garde d'ébène quadrillée et bronze. Sur la lame : *Au commandant B. Bernard, officier de la Légion d'honneur. — Vive l'Empereur;* fourreau en tôle d'acier et cuivre. Époque du Second Empire.

ARMES A FEU

143 — Fusil de chasse à silex, d'*Arlot, à Paris :* canon bronzé, damasquiné or, à baïonnette; sous-garde et plaque de couche d'argent partiellement doré. Milieu du xviiie siècle.

144 — Fusil de chasse à silex, de *Prévost fils, à Versailles :* canon gravé au chiffre *L. P.*; crosse sculptée, garnitures d'argent aux armes de France. Époque Restauration.

145 — Carabine de chasse à silex, à deux coups, de *De l'Étang, à Versailles :* canons brunis, damasquinés or; crosse sculptée au chiffre *N* couronné. xixe siècle.

146 — Fusil de Garde du corps avec baïonnette. Époque Louis XVIII.

147 — Fusil de Cent-Gardes avec latte, modèle Treuille de Beaulieu. Epoque du Second Empire.

148 à 150 — Neuf fusils variés.

151 — Pistolet-baïonnette à silex. xviiie siècle.

152 — Pistolet à silex, garni d'argent, avec couronne de duc, canon bleui. xviiie siècle.

153 — Paire de pistolets d'arçon à silex, garnis d'argent, décor de feuillages. xviiie siècle.

154 — Paire de pistolets à silex, canons d'acier damasquiné or. Signés : *Claude Miquet, Liège*. xviiie siècle.

155-156 — Quatre paires de pistolets à silex. xviiie siècle.

157 — Pistolet à silex.

158 — Paire de pistolets à silex espagnols, de 1802 et 1812, garnitures d'acier partiellement doré. Signés : *En Eibar Jph. Agnirre*.

159 à 161 — Sept pistolets à piston, dont deux paires avec boîtes.

162-163 — Six revolvers.

PIÈCES D'EQUIPEMENT

164 — Pulvérin en cuir aux armes de France. xviiie siècle.

165 — Deux pulvérins en corne et cuivre à trophées. Epoque Louis XVI.

166 — Tablier de timbale en drap vert brodé d'argent à reliefs : aigle du premier Empire tenant quatre étendards et posé sur des branches de chêne et de laurier. Epoque du Premier Empire.

167 — Giberne de mousquetaire gris. Epoque Louis XVIII.

168 — Plaque de bonnet à poil des Cent-Suisses, Maison du roi. Epoque Restauration.

169 — Boucle de ceinturon de mousquetaire gris. Epoque Louis XVI.

170 — Boucle de ceinturon de mousquetaire noir. Epoque Restauration.

171 — Coq de drapeau de la Garde nationale. Epoque Louis-Philippe.

172 — Canne de tambour-maître. Epoque Louis-Philippe.

173 — Baudrier de tambour-major du 90ᵉ de ligne. Epoque du Second Empire.

174 à 177 — Plusieurs pièces d'équipement militaire.

OBJETS DIVERS

178 — Coupe en ancienne porcelaine de Chine, à décor de fleurs. Monture en bronze.

179 — Soupière et plateau, à décor de guirlandes. Ancienne porcelaine de la Compagnie des Indes.

180 — Jardinière demi-circulaire, décorée de guirlandes et colonnettes. Lorraine.

181 — Baromètre-thermomètre en bois peint bleu et doré. Epoque Louis XVI.

182 — Ecritoire oblongue en racine.

183 — Ecritoire, avec porte-lumière et briquet, fer et cuivre.

184 — RIBAULT (Jules). Portrait de J. Valade. Signé et daté 1822. Encadré.

185 à 189 — Lot de filets, fils tirés, guipures.

BRONZES, PENDULES

190 — Cadran solaire en cuivre gravé, de forme carrée, signé : *Smiraldvs faciebat Parmœ anno MDLXXXIV*. Italie, XVIᵉ siècle.

191 — Horloge de table, à cadran tournant, en forme de croix, en cuivre, à décor de feuillages. Signée : *Barbier le Jne, à Paris*. XVIIᵉ siècle.

192 — Grande pendule, sur socle-applique Louis XIV, en marqueterie de cuivre sur écaille, garnie de bronzes ; bas-relief allégorique, statuette du Temps, mascarons, etc.

193 — Deux petits bustes en bronze : Henri IV et Marie de Médicis. Bases en marbre. Commencement du xixe siècle.

194 — Pendule en bronze, surmontée d'un buste de style antique. Commencement du xixe siècle.

195 — Deux candélabres, à trois lumières, en bronze, à pieds-griffes. Commencement du xixe siècle. Disposés pour l'électricité.

196 — Deux flambeaux en bronze, à pieds-griffes. Commencement du xixe siècle.

197 — Lustre, à huit lumières, en bronze. Commencement du xixe siècle. Disposé pour l'électricité.

198 — Petit lustre, à six lumières, en bronze, surmonté d'une coupe de flammes. Commencement du xixe siècle.

199 — Lustre, à huit lumières, en bronze, à décor de corbeilles de fleurs, il est garni de cristaux. Commencement du xixe siècle.

200 — Pendule-religieuse en marqueterie d'écaille et d'étain sur cuivre, garnie de bronzes. Cadran signé : *Lebon, à Paris*.

201 — Coupe en bronze : Menalcas et Mopsus, de *Levillain*. Maison *Barbedienne*.

202 — Deux bras-appliques, à deux lumières, en bronze : cannelures et guirlandes.

203 — Cartel en bronze à rocailles et figurines.

CANNES

204 — Canne, béquille d'ivoire, ornée d'une tête de femme.

205 — Canne à pomme d'ivoire, cannelée en spirale.

206 — Canne à béquille de corne, montée or avec initiale M et armoiries.

207 — Canne à pomme d'émail, formant boîte, garniture d'or.

208 — Canne à pomme de cuivre, incrustée de petites turquoises simulant des grappes de raisin.

209 — Trois cannes à pomme de cuivre, dont deux Louis XV à rocailles, et une Louis XVI à cannelures droites.

210 — Canne à pomme de cristal, garniture de cuivre à colonnettes et personnages.

211 — Canne d'ivoire : pomme d'or Louis XV, à rocailles.

212 — Canne d'ivoire : pomme d'or partiellement émaillé à fleurs.

213 — Canne d'écaille blonde à pomme d'or, avec monogramme en relief.

214 — Canne : pomme d'or, à côtes obliques.

215 — Canne : pomme d'or, Louis XVI, à bordures de fleurettes.

216 — Canne à pomme d'or uni.

217 — Canne : pomme d'or à quadrillés et rocailles. Chiffrée.

218 — Canne : pomme d'or à côtes obliques alternativement unies et à fleurs. Chiffrée.

219 — Canne à pomme d'or Louis XVI, guillochée. Chiffrée.

220 — Canne à pomme d'ancienne porcelaine de Chantilly, à personnages.

221 — Canne à pomme d'ancienne porcelaine de Chantilly, à décor de fleurs.

222 — Canne à pomme d'ancienne porcelaine de Saint-Cloud, décor bleu.

223 — Canne à pomme d'ancienne porcelaine de Saxe, en forme de tête de femme.

224 — Canne à pomme d'ancienne porcelaine de Saxe, en forme de tête d'homme.

225 — Canne à pomme de même porcelaine : sujet galant.

226 — Canne à béquille de même porcelaine : sujet galant et fleurs.

227 — Canne à pomme de porcelaine, à fleurs.

228 à 237 — Environ quarante cannes, jonc, ivoire, etc., à pommes d'argent, agate, œil de tigre, cristal, etc. (Seront divisées.)

MEUBLES

238 — **Mobilier de salon**, composé d'un canapé, huit fauteuils et deux bergères, en acajou et bronzes, couvert de tapisserie à dessin de sphinx, médaillons, feuillages, entrelacs, rosaces, etc. Époque du Directoire.

239 — Quatre chaises en acajou et bronzes, sièges en tapisserie à fleurs. Époque du Directoire.

240 — Bureau plat Louis XIV, à trois tiroirs, en marqueterie d'écaille, d'étain et de corne teintée sur cuivre; garnitures de bronzes, tels que mascarons, chutes, sabots, etc.; pieds cambrés.

241 — Table-bureau, à trois tiroirs, en bois de placage et bronzes à rocailles, dessus de cuir. Époque Louis XV.

242 — Armoire normande en bois sculpté, à corbeilles de fleurs.

243 — Buffet vitré sur base à deux portes, chêne sculpté, à moulures et feuillages. XVIIIe siècle.

244 — Secrétaire droit à abattant, portes et tiroir en bois clair, garni de cuivres; dessus de marbre blanc. Époque Louis XVI.

245 — Paravent à trois feuilles : attributs de la Révolution. Ces feuilles proviendraient de la tenture garnissant la salle de la Convention sous la Terreur.

246 — Console en acajou, à deux colonnettes, et fond de glace ; garnitures de bronzes : cygnes et palmettes; dessus de marbre. Époque Empire.

247 — Guéridon rond à trois pieds en acajou, garni de bronzes : rosaces, chapiteaux, coupe, etc. Commencement du XIXe siècle.

248 — Écran en acajou et bronzes, feuille en broderie.

249 — Bibliothèque en bois noir, incrusté d'ivoire, fermant à trois portes vitrées.

250 — Objets omis au présent Catalogue.

NOTA. — Les bijoux, l'argenterie, le mobilier courant, la cave, seront vendus le Mercredi 2 Mars et jours suivants.

La Bibliothèque sera vendue le Lundi 7 Mars, à 8 heures du soir, 28, rue des Bons-Enfants.